湖畔诗文丛刊

写在封面的诗

张凯——著

春天的嫩叶
飘落在秋天
放在书中
有一个我未读完的故事

天空的白云
它们散碎成雨
落在地面
又聚集着向我流来

中国书籍出版社
China Book Press

图书在版编目（CIP）数据

写在封面的诗/张凯著.—北京：中国书籍出版社，2019.12

ISBN 978-7-5068-7525-7

Ⅰ.①写… Ⅱ.①张… Ⅲ.①诗集—中国—当代 Ⅳ.①I227

中国版本图书馆 CIP 数据核字（2019）第 257465 号

写在封面的诗

张 凯 著

责任编辑	逄 薇
责任印制	孙马飞　马 芝
封面设计	中联华文
出版发行	中国书籍出版社
地　　址	北京市丰台区三路居路 97 号（邮编：100073）
电　　话	（010）52257143（总编室）　（010）52257140（发行部）
电子邮箱	eo@chinabp.com.cn
经　　销	全国新华书店
印　　刷	三河市华东印刷有限公司
开　　本	710 毫米×1000 毫米　1/16
字　　数	157 千字
印　　张	13.5
版　　次	2019 年 12 月第 1 版　2019 年 12 月第 1 次印刷
书　　号	ISBN 978-7-5068-7525-7
定　　价	78.00 元

版权所有　翻印必究

目　录
CONTENTS

为自己的青春作序　／1

校园　／4

感谢当年的你　／5

同学之情　／7

堕落　／8

平静　／9

立场　／11

天空　／12

度青春　／14

我亲爱的同学我亲爱的人　／15

小说　／17

孪　／18

那个雨季　那瓣纯白　／20

婚礼　／22

钟情　／23

写在封面的诗 >>>

写生　　　/ 24
表白　　　/ 26
无题　　　/ 27
对答　　　/ 28
想你　想你　　/ 29
我们相爱　　/ 30
荏苒　　　/ 32
冰晶红岩　　/ 33
距离　　　/ 34
左倾　　　/ 35
如果爱情只有七次机会　　/ 36
秋的伤口　　/ 38
爱我　　　/ 39
我哭过　　/ 40
刺痛　　　/ 42
有人离开　　/ 43
诋毁　　　/ 45
曼陀罗　　/ 46
你是我身上落下的爱恋　　/ 48
思念向你而去　　/ 51
目视　　　/ 52
奠　　　/ 54
一杯清水　　/ 55
眉宇之间　　/ 57

脚印　　/ 58

结局　　/ 59

爱的美学　　/ 60

伤如忧伤　　/ 62

怯　　/ 63

私语　　/ 64

雪国之恋　　/ 66

恋　　/ 68

蛰伏　　/ 69

事情与人有关　　/ 70

迷宫　　/ 71

傀儡　　/ 73

无根之树　　/ 74

青春的瀑布　　/ 75

母亲的小儿子　　/ 76

妈妈　　/ 77

默泪　　/ 78

迷茫　　/ 80

路旁的灯　　/ 81

囤积　　/ 83

如果我是…　　/ 84

抵触　　/ 86

低头向往　　/ 87

挣扎　　/ 88

写在封面的诗 >>>

某一天　　／89

孤独　　／91

愿望　　／92

仿佛梅花　　／93

黑暗　　／94

忠于黑暗的人　　／95

雷雨　　／96

海子顾城　　／97

天真　　／99

徐志摩　顾城　　／100

诗人　　／103

花朵　　／105

踽踽　　／106

李白　　／108

逍遥　　／109

雕像　　／110

情结　　／111

流浪　　／112

失望　　／113

执我　　／114

我为自由　　／115

隔阂　　／116

肯定自己　　／117

锁　　／118

涅槃　　／ 119

让自己快乐的理由　　／ 120

我吻着生活　　／ 121

逸士　　／ 123

憩　　／ 124

是我过去　　／ 125

和我一起美丽　　／ 127

青春集　　／ 128

短诗四首　　／ 129

搁浅　　／ 131

睡着　　／ 133

尸骸　　／ 134

自我　　／ 135

死敌　　／ 136

行而上学　　／ 137

乌鸦　　／ 138

苍穹　　／ 139

思念　　／ 140

秘密　　／ 142

温柔　　／ 144

衣袂　　／ 145

岁月的鱼尾　　／ 147

此岸世界　　／ 149

忘记　　／ 150

迷途　　／151

黑色的天空　　／152

作古　　／153

语言　　／154

徘徊　　／155

位置　　／156

混乱　　／157

茧　　／158

结局　　／159

梦　　／161

星空记忆　　／163

春　　／167

西湖　　／168

慈父　　／169

寄雨　　／170

行僧　　／171

宴　　／172

弥尘　　／173

古树　　／174

周身　　／175

内省　　／176

由衷　　／177

巨人　　／178

曦　　／179

登岳阳楼　　／180

汨罗江怀古　　／181

夜光杯　　／182

暝情歌咏　　／183

木兰花　　／185

蝶恋花　　／186

天净沙　　／187

虞美人　　／188

忆秦娥　　／189

临江仙　　／190

临江仙　　／191

临江仙　　／192

西江月　　／193

清平乐　　／194

诉衷情　　／195

忆少年　　／196

侣行　　／197

古囊行　　／198

梦赋　　／199

满庭芳　　／200

钗头凤·沈园怀古　　／201

后记　　／202

为自己的青春作序

每一个青春要做的，就是要把才华散尽。

年轻，我们无须去想太多，这社会的金钱，或是这世界的真理。是法则造就物质，还是物质蕴含法则，无论怎样，知识一直就在那里，迷惑的只能是心却不是世界。我始终认为金钱是依附在价值之上的，而社会给我的价值观，却是在没有变成金钱前好像一切都没有价值。别样的青春，不要和我说对和错，也不要和我说善良和邪恶，因为在我心中，同流合污一致于追随大势。顽固的青春坚持自我，不是所有的好心都需要去接受，不是所有的善意，我们都要去改变初衷。你的好心我谢谢，我的抗拒我抱歉。无须让你的好意来捆绑我的决定。青春，是最不会被束缚的年纪。趁着父母依然健朗，趁着还没有妻儿。我的青春不想在一个地方过去，我想去看那没有见过的景色，无论是美丽还是荒凉，是现代还是古老。我想去看，因为我与它都存在于世。

学校学的是这世界的基本，而生命却是再次认识世界的过程。我不想步入社会。现实经不起推敲，我无法细致，我看到的都是美丽。贫穷的青春，我们无需让别人看不起，我有我自己的骄傲。是啊，我抬头望向远方，再把头深深埋下看着路。青春啊，我们不同。青春与美女无关，只和爱情有关。与地位无关，只和梦想有关。与金钱无关，只和才华有关。每个青春都埋葬了一个梦想，墓碑却醒

写在封面的诗　>>>

刻着爱情。

　　关于爱情，初恋是最没有结局的。青春的爱情，像秋天里的生命，释放得那样黄金璀璨，却为时间戛然而止。青春的爱情，我们狂妄，我们私心，我们不愿放手得太多，我们又丢弃了太多。青春的爱情，是美丽的，是浓郁凄婉的，是频频回头却还是毅然走去的，是当时不忍记忆过后却又每每想起的。

　　青春里的亲情，我对待的一直很僵硬。我感觉我无法消受，抑或是我害怕为温情纠改了我要走的路。年轻的心，总是很自私。父母的爱，对于我们来说，过于沉重，以至于我过于极端，把温情当作束缚。而崇尚自由的我，不想被任何所束缚，所以，我一直在逃避。青春最伤父母心。

　　青春的友情，我想说的是朋友难得。在虚伪面前像金钱在支配，好像一切都只为多一个朋友，在以后就多一条路，这样的情感过于功利。两肋插刀的太少，逢场作戏的太多。也许真的，我们无须去对友谊过于压榨，相逢足已。时间给我的感触，你越是长大越是觉得朋友难得，所以难免我们会想起一些旧朋友，会想起一些往事，这时我们发现，其实，最谈得来的还是那些老同学。

　　青春的梦想。这世界不是我的心，所以，我心中难免低落。我的梦想一直带着迷茫。我步入黑暗，不是为了沉默，而是为了能幡然醒悟。我不知道是黑暗让我迷从，还是我迷茫了，看不见了光明。我知道，梦想的脚印是虚线。我更知道，梦和梦想的差距，只在于你永远不相信它是梦。梦想是一个人的誓师，一个人的落幕。

写在封面的诗

青春
让道德谴低了品格
被爱情灼伤了眼泪
为梦想挫碎了心
你也别后悔
畸残的青春
是完整自我

写在封面的诗 >>>

校园

青春的翅膀　不告诉你方向
融入空气中
倒影出阳光的味道
躺在树下看一本书
枕着故事把一切都放入美丽
身边浪漫着鲜花
是一个美丽的名字
守候真心
在一朵花中滋生爱情
藏身在课堂上的约会
却吻在了毕业的唇上
幸福就像一朵花一样
开了一季就谢去了
另一季来临时
这块土地又开出了另一朵花
受到祝福的人啊
我们在挽留一个花季
少年时唱少年的歌
然后的然后我们就要离去

感谢当年的你

原本不是相遇的命运
是缘分有所交集
巧合需要很强的运气
邂逅也需赋予努力
也许只是相见
缘分断了就不会再见
年纪是懵懂
事情要长大后才懂
未来也许我不再是小
缘分断了也不会再见
感谢当年的你
说给未来的话
我想提前说
感谢当年的你
命运穿过了你
改变了自己的方向
那些记忆与吵闹
我可以快乐长大
稚气的年纪

写在封面的诗　>>>

　　带着憧憬的时光
　　知道的年纪
　　时光被错过
　　感谢当年的你
　　说给未来的话
　　我想提前说

同学之情

有谁知道
我们的眼泪是为了十几年后的陌路而流
又有谁知道
我爱着的你是爱的几年后别人的爱人
又有谁知道
我们同学最后却只是同个半球而已
如果再见是不再相见
如果别离是别后远离
那么　我亲爱的同学
此刻　我们要哭得痛心
此刻　我们要爱得动情
此刻　我们要近得最近
因为
因为　再见是不再相见啊
因为　别离是别后远离啊
我的同学之情
就让悲伤泪出眼眶
就让爱啊　我爱你
就让距离抱紧体温
我的同学之情

写在封面的诗　>>>

堕落

青春 以善恶衡量社会，然后退以成是非，最后就选择而言，只是能承受其后果，那就在对错之上。

你是白鸽
带着对白色的眷恋
青春的画廊
漆上油光的样子
是一层谎言
我沉默不语
我愿把所有的美丽充斥给你
却触碰了满腹肮脏
在夜里沉睡
也醒来踩死过蟑螂
正常的人
热枕过后便是冷落心情
骤然心痛了
我曾宣誓
为这世间的丑陋而悲伤

平静

生命是个独立体
人是一种群居的动物
你可以认为自己是对的
但不要以为别人错误
吃草的你继续吃草
吃肉的你继续吃肉
飞天的你去飞天
潜水的你去潜水
吃草的不要嚷嚷着全世界和你一起吃草
吃肉的不要认为别人没和你一起吃肉
就认为别人愚昧
飞天的你睁眼看世界
潜水的你闭眼倾听所有的声音
世界就是这样
谁和谁都没有太多关系
只是偶尔间有交流
偶尔间有憎恶
也偶尔间倾注善良
偶尔间用无聊打发啰嗦

写在封面的诗　>>>

　　偶尔间用嘴舌舔着犬爪
　　偶尔间看见风景
　　偶尔间听到辱骂
　　没有美丽　也没有邪恶
　　无关道德　也无关丑陋
　　我们不是要打造美丽
　　亦不是要洁净邪恶
　　那一切都有它的一切
　　世界就是这样
　　大多也只是平静

立场

先离开这里
然后再决定将来
有些事情想不明白
所以就无法接受
想与世界齐平
岁月如此平流
滑落的凉意
你又在一颗树下休息
看见阳光从茂密的树叶间散落
星星点点
也许你的思维就固定在这一个角度
黑暗中
阳光要比我更鲜艳
生命不是我们能走多远
因为时间本身就在前进
而在你离开后
那些熟悉的地方
又变得陌生起来

写在封面的诗   >>>

天空

天空是蓝色的
被尘埃劫洗的颜色
阳光不动声色
照射出
云朵是白色的
它悬浮在半空中
也就没有哭泣
风是青色的
以为它沿着春天的脉络
溜达在一片绿色生命中
路是黄色的
有太多人走过
像一块伤疤
揭露出它原本的色彩
却也再没被什么覆盖
梦是黑色的
像黑暗中
灵魂被禁锢的残余
血液是红色的

它无止境的
在奔跑
如火一样
散发着热量
奔跑……奔跑……

写在封面的诗　>>>

度青春

本来是种子
急迫地想成为果实
相差的时间里
突变正是这种情况
找不自在
闲人的渴望
窗户打开又关上
拒绝微风
也想挡住阳光
挨骂的滋味
当你出生
时间就被注定
蚊子被冻死的时候
正是那个年龄
最直白的伤害

我亲爱的同学我亲爱的人

我亲爱的同学我亲爱的人
你们是不是还记得我
我却有没有改变
而我又能不能与你记得的我相合
还是　你已经不记得我了
我亲爱的同学我亲爱的人
我们以为
以为时间只是我们毕业那时
我们以为
以为时间只是我们相处的时光
我们太过以为
以为记忆会唆使我们永远记得
但却不知道时间　能让顽石在岁月下掉落成沙
却不知道时间　也能让沙消散成埃
而我们再去吹起记忆的风时
它们就浮在了空中
而我们却怎么也看不见它了
这陌生的相片啊
我亲爱的同学我亲爱的人

写在封面的诗 >>>

  那时
  你是否也和我一样
  我们相信　坚信
  我会　我会永远记得你
  我会　我会永远记得你

小说

柳下依依　我走着你走过的青苔小道
风微习习　你上去了我看了的旧石板桥
我们没有相遇　只在花开过的浪漫
像一道风景　触动了爱情
连流水也察觉了我眼神的坦露
我看着你　在那里　如柳一般清晰
我感觉到　心里头　有种发酵的味道
如此美妙　你的微笑　把我醉倒
诱人格调　倾魂梦老　浸入情操

写在封面的诗　>>>

孪

　　人的灵魂是残破的，相传这是上帝把玩的一种游戏。在转生池旁，他把即将转世的灵魂欺凌撕裂，然后再让他们转世投人。哭闹间，这原本一体的两个灵魂，就这样抛洒在尘世的两个角落。

　　也许人们小时候就习惯灵魂残破的痛苦，也许这痛在年幼的记忆里，意识早已麻木，对它早已失去了感知。但人只要长大，他会穷尽一生，会被这痛所牵引，牵引着人们去远寻，去远寻着那意识里早已认知的另一半，直到他们相遇红妆前。世人说这就是真爱。

　　如果我的悲伤唆使白天变得黑暗
　　期盼你的快乐能让夜换得开明
　　任你安静在我的胸口
　　而我只是默默地只将你凝视
　　让我微笑在你的脚步间
　　而你就这样一圈一圈把我缠绕
　　在欢与静　明与暗中
　　爱是生活里彼此填补的间隙
　　当时间缓缓流过
　　当你我的皱纹如年轮般
　　斑斑可见时

<<< 写在封面的诗

我们还会牵手
直到老死过去
只是之后
我们还要墓室而居
只是之后
让子孙供奉着我们的爱情
虔诚在祖屋的神牌之上
而后
我们再一起消散
而后
我们再一起消散

写在封面的诗　>>>

那个雨季　那瓣纯白

我辗转百世
也未曾跳出轮回
今生的我羽化成云
飘游于天下
花开三月
我看到了你
倚坐在花前
屏息在这喧嚣的尘世
宛如一瓣纯白
爱情的声音
呼唤我化作雨落在你身后
你却撑起一把伞
阻隔了我吻你的泪痕
你可知
在你长靴落后
直把爱情溅得一地碎花
你就这样糟蹋着我
走向坡头
而我这零碎的残躯

在无声的滋润完粘有你体香的花瓣后
为什么还要汇聚成身
还要在地平线的驱使下
流走远方
水在流血
水在流泪
只是没人知道
远行的我
不是在追寻沧海
而是在寻找坟墓
因为
因为我把我一生的爱
全都倾泻在了那个雨季
那瓣纯白

写在封面的诗　>>>

婚礼

和一个人慢慢变老，这是一件痛苦的事，也是一件幸福的事

我在的春天
飞燕向我迁徙
我在的秋日
迁雁又向我远去
你在夜里难过
我在梦里伤心
睡时的共枕人啊
何时你青春的美丽我看成了黄脸婆
搁置的梳妆镜啊
何时我的青春又成了糟老头
这时　我牵起你的手
这时　我们把美丽化作慈祥

钟情

春天　我前世在那里等待了你一生的梦痕
秋夜　今生我为你辗转徘徊在侧的路途
我站在秋分
却遥望不到春分
跌宕的仲夏
它陨落了一季孟婆雨
就让糜秋落去
就让我继续前行
继续前行
当我蓦然而然地愣住脚步
看着你
仿佛间就回到了过去
就在恍神的刹那
我有预感
我会爱上你

写在封面的诗 >>>

写生

我无意打扰

你依偎在青山绿水之中

我拢住呼吸

你摒弃在繁花碎影里

谁用画笔堆垒的景致

是美丽

但不够完美

草嫩树新

风轻倾叶

宣纸羽化了盎然春色

水渍稀微出丛深暗角

我无意打扰

我无意打扰

闪光划过

我无意打扰

我不想徒留这图旎妮

只想把你送入画中

爱上一个绘画的女孩儿
我喜欢上了摄影

写在封面的诗　>>>

表白

如果是个女孩儿
会有一双手去牵她
如果是个男孩儿
会有一双手让他去牵
目空一切的巧合
在遥远的地方
有一个女孩儿在等我
含羞草般的触觉
像拥抱了这个世界
我就拥抱了你

我是一个人
在寻找
一朵能让我成为树的花

无题

画如夜
画如夜
徐影纤纤涟漪碎
风划虫乐
摇曳着这醺醺绿翠
烟烟雾魅宛如轻眉若黛
半裸的城池芬芳也醉
鸡鸣妩媚了朦胧月
寐入情人夜

写在封面的诗　>>>

对答

枫树桥上
红叶萧条
兼落一笺思念
愿鲤鱼伴君
黄耳牵妾
不说再见
不说再见

苍水央湖
黔舟漂锚
萧写不了情谣
让画幅蒙思
诗含眷恋
相守无愿
相守无愿

想你　想你

云罩月的孤寂
空荒成思念
你
从昏暗中渗出
如雨一样落下
滴在心头
滋润着我的哀愁
抑咽的橘黄楼
俩相搂
追慕着那句"要想我哦"
唉
思念不过是爱情的喉
一个人默默地聊

写在封面的诗 >>>

我们相爱

我们留下相处的时间

一前一后走在湖沿边缘

我展望着星辰的浩瀚

你就凝视在这湾净水前

看那宙演天成

看那波盈影碎

看那点明线行一介水天

而后

我们四目相投

而后

我们十指相扣

而后

我们相丛相吻

在手与手　脸与脸之间

不需要任何的声音和光

温度会敌过誓言

告诉你

<<< 写在封面的诗

爱是

须眉的坚朗

柳叶眉的清甜

写在封面的诗　>>>

荏苒

毛春
黏附在玻璃
稠糊了我的眼神
濡沫的雨夏
你涂抹了霏微的角落
却季染出一图悱恻的深秋
抹墨了雪花
心却依然寒酸
冷夜无霜
时间真的无聊
在不知疲惫地更新着我对你的煎熬

冰晶红岩

相传
男孩儿是奔波在天外的尘土
女孩儿是游离在云下的雨滴
他们相遇晚风后
便携手和成了泥
钟情的她
抱楼在天边
温度让她玲珑成冰点
她许下经久不变的情谊
顽强的他
时间让他沉积为石岩
他履行着誓死不渝的诺言
冰晶缠绵着红岩
红岩顽裹着冰晶
冰晶红岩

牵手的爱情
是永吻的情侣

写在封面的诗　>>>

距离

留下眼泪
我们都爱哭
时间让我们委屈
调到了让我们离开的时候
天空下着雨
旁边人的眼泪
我拥吻你眼下的雨滴
就在凝望中别后
远距离的恋爱
咖啡和茶
它让我尝不透的一种味道只是苦
夜明明已深了
但它却偏偏硬朗起来
我想念你很久
只是你不知道

左倾

当梦想败落爱情
近守又颠覆了远行
我在迟疑
也许关于爱情
我只是畏惧婚姻
你的埋怨
请只要一点点
不要再加一点点
让它沦为恨
我的歉意
不会只是一点点
我会再加一点点
让你成为我永远的爱

写在封面的诗   >>>

如果爱情只有七次机会

我
第一次问你
你回我一个貌似肯定的微笑
我暗中惊喜
我第二次问你
你笑着说　为什么突然问这样的话
而我却不知如何开口　而你就此走过
第三次问你
你呵呵一笑
我心如空悬
隔夜　我第四次问你
你保持沉默的时间
我沉默着保持你的身影
第五次问你
你用轻爽的语气说
还是做朋友要来得好
我无力以对
我不死心第六次问你
你望了望远方

然后看着别人的脚跟
摇了摇头
只是你却始终也没看我一眼
而我却一直看着你
看着你
直到第七次我要问你时
你跑着踏进了车门
随后是车尾晕出一轮烟灰
我一直看着你
一直看着你
直到模糊了自己
如果爱情只有七次机会
我会谢谢你的离开
关于你
我不怕伤害自己
因为我会把这种伤害当作你对我对你爱的一种尊重

    你说我不爱你。难道我为你写那么多诗,只是因为我不爱你。后来,我看到林徽因说,他不爱她,感觉他爱的只是她在他诗里的化身。也许我爱的真的只是你在这虚空的投影,只是我们谁又不是那瞳孔里的存在。

写在封面的诗　>>>

秋的伤口

忍住这种感觉
直到你要消失
那片天
拼凑不出幽蓝
我用笔素写碰触的莘黄

洁月的纸
黑夜滑过
抹一首诗
抵住忧伤

因为
我看见了
干涸的夜放逐了那天边笼灿的黄阳

终于是你的影长出了地面
我要忍住这种感觉
忍住你消失

爱我

我拥有你时
好像感觉你会永远都不会离开我
你离开我时
感觉好像我却从来都没拥有过你
我们说百年好合
我们说千年言誓
到头来
却是一句同床异梦
就颠覆了我们万年修行
怎么了
是那言语质感得不够沉重
让那岁月流失得太快了吗
如果真的是
就让我背起死亡
在你前面前行一光年
在那里　我不等世界末日
只等你爱我
哭到脱水　哭到泪里有咸

写在封面的诗 >>>

我哭过

爱的美学，难以承受的痛苦，被世界砍了一刀。看着伤口，可以看见骨头，伤口是死白，白色的伤口有血渗出。你静静地看着，感觉不到疼痛，像一个旁观者，像它不是你的。而红色的血液马上就像破碎的玻璃一样爬满你的伤口。你感到恐惧，你用尽力气按着按着，只是血液却越流越甚。它就在你手指间渗出，像另外一种痛苦渗出了你的感觉，你却感觉不到疼痛。你继续按着，一分钟　五分钟　十分钟，最后血流才慢慢止住。你才有一丝喜悦，只是然而，突然就有一阵疼痛接替了麻木，让你痉挛。原来这才是现实的疼痛，原来会有一些痛苦，它超出了生命的极限。

一天的阳光
被时针吞噬
黑暗里总有一种孤独
直至将身体淹没
我很想念自己
你又在哪里
活在记忆里的人
本就该在往事中死去
不想看的眼睛

<<< 写在封面的诗

把眼泪闭出

我哭过
解下我一片柔情
让年华欺骗一滴眼泪
像移植的树
成了自己的拐杖
没有了生长　就此塑行
最终要结束自己的美丽
去依偎那遥远的路途
流浪陌生的风景
扶植一种辽阔的心情

写在封面的诗　>>>

刺痛

　　街道　树圃
　　你蒙上了都市的尘埃
　　原来你不是森林
　　却只是个装饰
　　阳台　盆景
　　供你站立的土
　　竟是这样的少
　　你又要如何去盘结你的根
　　包扎的花朵
　　人们都说你最美
　　婚礼　新娘
　　你却不知那剪枝的玫瑰是尸体
　　我呢
　　也许我很幸运
　　因为我能离开

　　家如夜般
　　总是在缺少色彩时
　　轰然落下

有人离开

有人离开

有人在绝望中难过

是生活的拮据窘迫

不在爱情里受妥

不是软弱　不是蹉跎

只是被这个世界所推脱

在灯红酒绿间闪烁

在红男绿女中苟活

随性遗落情操

激情扭动吵闹

这是个什么后果

社会让世界疑惑

欲享让思维浑浊

在夜落幕以后

有人怀孕

有人离婚

有人同居

写在封面的诗　>>>

  有人劈腿

  有人死性不改

  有人红杏出墙

  有人离开

  有人在绝望中难过

诋毁

承诺像一则谎言
在时适中放纵心情
如一个英雄一样出现
人是虚构的故事
像女人穿的衣服
不再清洗这层面具
谁在权贵里奉承　又在荣誉前浮夸
好像经历了时间
一切就会变成现实
只是我们缺少了
把谎言变成现实的勇气
挽起虚荣
让它瑰丽如花
如哭泣　也澎湃得如此美丽
记住时间忘记了生命
社会为情欲开一处无花果

心情就像泼脏水一样
要发泄后才得安宁

写在封面的诗　>>>

曼陀罗

恶魔享受奴仆的诅咒
神父倾听着对主的赞歌
人间在庙宇里买来祝福
开在断头台下的曼陀罗
被血液所浇灌
它蚕食着命运所抛弃的零食
却祷告每一个逝去的灵魂
在妖娆和孤独中成长
恶魔它是一个孤儿
人是一个被上帝宠坏的孩子
而我却是一个丑陋的孩子
但还是安静了下来
开到最美的花朵　在死以后
才去凋零
我的生命在极速地流逝
体温袭来阵阵寒意
我变得无比的冷静和清醒
我感到自己像跌倒了又爬起来
又被什么东西砸得粉碎

然后世间一片漆黑
眼睛里出现一条细缝　闪电
是天空干涸的血迹　雨
让我们活在人间
没有恶魔也没有天使
闻着花香
想起前世的自己
上帝演一段纯白
月光清场
风
如面包店里的蛋挞一样松软
那山谷的幽静
仿佛就化作山脉的一部分
有一些美丽
让人怦然心动
忍不住多看了几眼
青涩却又显得真诚
像从未见过的美丽
像山岚间藏匿着的一份温柔
多少年来　直到这刻
才被你无意间悄然绽放
你是山谷里最美的花瓣
有月亮的夜
是接受了阳光的祝福
天上的星星
你的眼睛很漂亮

写在封面的诗　>>>

你是我身上落下的爱恋

我纠结爱情
就像纠结一片落叶
我最为心疼的那片嫩叶
我要你长在我生命的最高处
让你在晨曦前就去沐浴阳光
我要把你托举在空间
让你感觉这世界的轻盈
只是　然而
当光明成为视线
当空气沦为风
你要说你要去看那更远的地方
于是我努力着生长
你要说你要拥有那划动着的轨迹
于是我更努力地生长
只是生命的流程哪有目光那样所欲
只是生活的负担哪有风那样轻盈
终于有一天
你说你要离开我
去追逐风的方向

是啊

我挡住了风的肆欲

却终没挡住风的轻拂

我深深地感触那背后

你被风诱出了我默默的温柔

我看着你划向天际

像翅膀一样

高出了那山丘太多太多

我看着你

荡漾着风流

就像风一样涌动

只是这世间哪有人像我一样

会甘心着去背负你的所有

只是最后风也背离了你流向远方

你落在那里

像一片落叶

却只成为一个位置

一个脚印的名分

我却又黯自伤心

如果你还是和我在一起

你将是永远的该有多么美丽

如果你还是和我在一起

我们该会是有多么幸福

是我呀

让你迷失了重量

写在封面的诗 >>>

以为生命就是阳光
以为生活就像风
直到最后我也让你责备我
因为只有这样
你才会原谅自己
因为我想让你过得幸福

因为
因为啊你是我树上落下的我一生中最为珍贵的爱恋啊

思念向你而去

想你被子里的气息
想你晒被子时的天气
想念我们在一起
害怕放空自己
害怕流星划过天际
我害怕人群都走后只剩下的你
在眼泪过后把自己败得一败涂地
倒地不起
一个人生活
找到自己的节奏
成为自己的朋友
周末的电影看过头
生活得很粗糙
一个人站在公共的路口
空洞的自由

幸福是阳光的影子
阳光离开后它就离开

写在封面的诗　>>>

目视

你是隔世的花

我追逐蝴蝶的秉性

却怎么也飞不过这沧海

你是古时的梦

我千年的传承

你熟悉的美丽　我却怎么也回溯不到你的朝代

我是树边睡影

我荒芜了居室

只是

在那些夜里

我还需你的爱来暖我的心房

你是水晶瓶里的鱼

梅子熟后　我把自己陨落

只是我这点水

却怎么也淹沉不了你

我

就只能暴涨了江海

你

却孤独了河流

天上的星　薄透了晨雾
城市的灯　濒临在夜末
交集中
只有光与光的对视

写在封面的诗 >>>

奠

世间有多少美丽
却没有留下过一丝痕迹
像一朵花
绽放时渲染了一抹花粉的色彩
是晨霞溢透了吐水的露珠
这仅有的美丽
只被一双眼睛偶尔瞥见了
朋友啊
如果忘记
像种子开出美丽
不能捞取一片叶的脉络
像鱼被水沉默
很多事情像没有发生
现在都已经结束
朋友啊
请莫忘了你所瞥见过的美丽
因为有时
你是它唯一的眼睛

<<< 写在封面的诗

一杯清水

一杯清水自尝
时光的阴谋
像一声叹息
就把梦惊醒
喜欢的人牵着手
不喜欢的人难以承受
我们就像两颗尘埃
也像天上的两颗星辰
可以很近　也可以很远
但我们中间隔着距离
我哭过
所以要笑得很开心
时间过去
记忆像积木一样
扭扭捏捏叠在一起
端着承诺
禁锢于那时的美丽
时过境迁

写在封面的诗 >>>

  由光阴组成的故事

  折在一杯清水里

  是物质与物质的距离

眉宇之间

你不属于我
你不属于这个世界
你只属于你自己
原本不会相遇的人
却又似曾相识
是意识的谎言
承认世间的美好
目光清澈才能倒影出星辰
心情是阳光
怕那独自一人的夜晚
天上的星星那么多
而我只喜欢你这一颗
你是悬崖
跳下去是天空

写在封面的诗　>>>

脚印

往事在目
只是少了一份亲切
锁着一丝爱慕
与思念有关
每一份爱都是美丽的
尽管还不到开花
让记忆将真情带走
用岁月将它们明悟
人生只能自己
不管和谁有关
并排是幸福
覆盖是智慧

结局

没有一种美是永存
甚至是聚变
你和我的相遇
原来什么都不是
曾经那样伤心
后来我们会明白
没有谁会离开谁而活不下去
我们都是大海中的一滴水
拿掉后没有真空

这不是我所希望的
那些不属于我的美丽
太美的事情容易破碎
雨消散于天空
又在地面汇聚
水很美　碎了也一样很美

写在封面的诗　>>>

爱的美学

　　如果心是一个容器,那些满溢出来的深情重量,最亦是让人打动人的。然而世界上的事哪里又会没有伤害,当一次次裂痕变成伤口,那些伴随着伤口而流逝的真情,会让人趋向冷漠或无情。因为那是,随着伤口而流逝的真心。

我一直想走在
那铺满郁香的路上
让我和你相遇
带着离开的心情
即使是春花　编织你的气息
倾注你的美丽
让我无数次回眸
即使是星光　载满你的温柔
细致你的清纯
揉进我的情怀
甚至我眼中饱含泪光
甚至哭泣
我可以回头
就不要转身

轻柔你依依裙裾
在风中摇摆
让我和你相遇
带着离开的心情

写在封面的诗 >>>

伤如忧伤

望秋

如果季语

葬的不是落叶而是残花

会不会让摇枝更哀伤

树高的楼台

飘来的落叶

在徐风中

蹒跚着滑向天际

却又在颠簸中坠下

满目的都是黄秋落叶

满情的都是萧秋逝去

一壶茶水倒尽

不再说话

其实　落叶比残花更哀伤

<<< 写在封面的诗

怯

别告诉我
别告诉我你的容颜
我只是在梦的眼中
看着你　看着你
瞥过一个空间

写在封面的诗　>>>

私语

　　遇美女而心动，这本就是一件顺所应该的事，我们又何至有所压抑。只是有一些人和事，并不一定就要去掺和。有一些美丽，我们只要去看一眼，就会觉得很美。发乎情而止乎礼，也许我们应该遵循夫子的遗训。也许我应的只是那诗人的情怀，人生若只如初见。

给你的情书
我自己留着
风景般的爱情
喜欢是件没办法的事
因为太珍惜我和你的相遇
我却不敢轻易地靠近
向你的每一步我都走得过于紧张
知道你站立的位置
在左侧第二棵梧桐树下
我的眼睛看着高出你太多的树冠
我期盼着有风能起
是的
我内心热情地期盼
那样　我会跟随一片乘翔的落叶

它落在你的发帘又缠在你的娥肩
我看清了你洁净的脸庞和玉婷的娈颈
它经过你蛮小的腰束　碎裙的花边
安静在你的脚旁
你的眼神匀空浮去
你的曲线承风而出
你的呼吸轻细
你的岁月清新
我呀
喜欢一个女孩儿
在一片落叶划过

写在封面的诗　>>>

雪国之恋

重复是一条直线
脚印在重力中垫底
又在飞絮中浮去
雪的世界
像再也没有皱纹的大地母亲
一切的沧桑都被填平
雪的世界
像一张白纸
离开了文墨书国
没有了那文绉气
也剥离在尘土之外
雪的干净
像大海淘汰了海水
只为大地攒下那一片海盐
雪的温柔
冰点像一朵花
就在虚无间结晶绽放
孤寂中凝聚干净
飘絮中徜徉温柔

没有凡人的世界

回家的路上

有一行脚印落印在我的脚心

像一双手扣住我的指痕

像一个天使的姑娘

就让我活在一个背景里

像捏制的雪人

抱得很温暖

却容易把它吓哭

你看见我了吗　我看见你

轻轻抖落在伞上的雪绒

瞳孔里尽是纯白

素手捧雪

息气涣冰

水就画了你的掌纹

静息间绒花羽化了你的长发

让你脸颊桃红

那时

说是一幅画　其实是一首诗

写在封面的诗　>>>

恋

一颗星
从一片星光中来
灯火在不远处
路灯只是为了照明
我站在天桥上
光不知从哪个方向而来
瞳孔里分辨不出色彩
回忆阳光无比灿烂
我身在霓虹
月亮　借助太阳诞生在黑暗中
爱情的话题
暗恋变成单恋
那些好像变得陌生

蛰伏

日子过得乏味

生活是黯然窘废

撇不开的琐碎

还压得我喘不过气来

夜还很长

路要自己走下去

生活欺骗青春一处空白

现实牵扯情绪满目憔悴

我依偎着黑暗

夜是否太冷

夜还很长

青春灿烂　曾经虚荣

现在残笑　心情蚀骨

一时脆弱

一时间就脆弱了我冷酷人生

写在封面的诗　>>>

事情与人有关

方向里的笑容
虚心或假意
总归带着感情
蒙混在时间里
于社会没有作为
天地如梦眼
猜不透距离
以为听得见命运
所以就去随着时间
负重的步子离不开地面
拼命地拉扯住思维的深渊
一声惨叫
想要震出视野
却对视了饿狼的目光
是要吞噬掉污垢的源泉

迷宫

高楼拔地而起
整座城市像座迷宫
墙
把我们分得那么远
建筑显得过于堂皇
把我们关在不同的地方
而我们就在这格局中走场
映射不到的是一个角落
拐弯而去的是一个房间
我们就淘汰在窗的另一面
在理性的包裹中
活在文明里
摆弄着科技
装饰着心情
我不懂自己　在接受中抑郁
我想要一束光
刺入我的血液
鲜流的血液
让它给我以感觉

写在封面的诗　>>>

　　　　逃离这座城市
　　　　我伸长着脑袋　呼吸那之外的空间
　　　　一块绿地的坡度
　　　　倒在地上
　　　　就把自己闭上眼睛
　　　　让日照温暖我的心灵
　　　　逐渐地淡然归于宁静
　　　　把阳光注入我的瞳眸里
　　　　我醒来

傀儡

关系像条绳
打结了你的决定
所以命运会像锁
安在你身上
人生到底是为谁而活
自己还是别人
多少人说是自己
总觉得还是别人
想了很久
只是不知道
常花落尽　万般滋味
城市相比于农村
带着一股刻意的味道
风的骚动
水的寂静
那一刻
我入眠

写在封面的诗　>>>

无根之树

回头是岸
还是回头太难
他们让我成为树
让我变得稳重
我试着委屈自己
企图让梦想就此破灭
我感到一丝催促
只是我会心有不甘
像一枚印章盖不出伟大
但还是想让它粘满朱砂
山
压在肩膀的肉里
想如何化成翅膀
还是把它抛下
还身躯正常
让灵魂住进自己的世界
树枝像深入虚空的根

<<< 写在封面的诗

青春的瀑布

青春的瀑布
它承载了我年少时的涓流
和年暮后的迟缓
我不要用年轻的安分去换取年老的安宁
我的人生不可以
我的青春不可以有任何折算
哪怕是安享老年
我信仰自己
我无所畏惧
我抗拒生命里的一切无奈和忧伤
我挣脱生活里的一切零碎和杂乱
我绽放青春带着对生命的倔狠和对生活的绝然

我感到一股陌生的东西
以前没有的东西
它在融入我
融入我的灵魂

飞蛾扑火
带着凤凰的意志

写在封面的诗　>>>

母亲的小儿子

离家　去那远方

一扬碎月
半亩琳琅

此刻　我能给您的
只剩一腔冷冰
疏秋萧飒
瑟夜沉沦
秋枝不与落叶共处
我不能自已

凌晨零点
我是个角落
安抚流浪雨滴

小贩的狗叫旺财
和尚的狗叫放下
母亲的狗叫平安

妈妈

黄昏和着黄叶一起落下

尘泥黏着脚步前行

须不知

远方的牵挂更拉深了母亲的白发

宛如一久盼的哀叹

竟在此刻

我才懂得

原来妈妈是我说的第一句话

乳汁才是我的第一口饭

欸

谁经得起

这般伟大

写在封面的诗　>>>

默泪

家里的雨
坍塌了土房
浸漏了青瓦
独立
我把关心当作一种打扰
完整自我
我不想与这个世界牵扯太多
请原谅我的抗拒与冷漠
我只想在外面走一走
鹅毛的雪
我感到冷
火炉的六月
我感到热
我想一个人活着　这就是生活
生命呢
却渴望用灵感来作填补
因为空虚
我一直迷恋着饥饿
如这湿漉

充斥着空间你却抓不到
黏乎着心　只能看着雨
看着雨

独寞的雨啊
在你堕落倾斜时
不是我无情
只是我把深情藏在了最深处

写在封面的诗 >>>

迷茫

这个世界
有太多的人安于生命
却过得一样的痛苦
父亲的名字叫农民
母亲的名字是女人
而我却不想成为我父母
所以我选择离开
我的朋友大多是我的同学
在人群里
我却不爱搭理人
我孤寂着一个人的世界

我不知道
在这个世界
是我站得太高
还是我走得过偏

路旁的灯

相比突然的死去
我更害怕停下后的死亡
红灯
我穿过
他们骂着我
我不予理睬
我不能与谁牵扯　因为我还在纠结自己
我就这样走着走着
心无所属　漫无目的就像能一直走下去

我看见
路旁的灯
很直　很直
直到拐弯而去
我也看见
路旁的灯
有些许朦胧
不知道是雾的浓郁　还是我的迷茫
或只因它的浑黄

写在封面的诗 >>>

我不知道
我想要清晰
我努力着去调整视线
可是最后
我还是看不清楚
这时我突然想到
它们什么时候亮起
如此多的光点
我竟毫无所觉
原来我是荒谬的
这个世界一直都在

我累了　也倦了
夜已经很深了
终究还是未能一直走下去
靠在灯下想休息
梦却开始了

囤积

青春茶火
岁月清凉
安静的灵魂会以自己的方式喧誓陈扬
摇滚着颓废
流浪着心慌
只剩一身的疲惫与肮脏
黄昏缓慢入山夜
荤黯猝死在水乡
整个世界裸露出一幅刨坟捅墓式的凄凉
精神在孤寂边涣散
信仰在混乱旁萎丧
梦想里仰望的国度
究竟在何方

清楚自己需要什么时
我变得更加的迷茫

写在封面的诗　>>>

如果我是…

如果我是黑暗
我会四处流离
如同阳光在后面鞭触
远寻着心中的梦

如果我是水
我宁愿只是一滴
我不要那拥挤的浩瀚
只要能射出自己的虹霓

如果我是尘凡
我会是那草原的一棵树
孤立千万年
斗尽一生枯荣
看我能否捅破这点生命

如果我是我

我会静静地站在这儿

在夜里孤傲地拥抱自然

仿佛睡着

仿佛死去

写在封面的诗　>>>

抵触

我活在自己里
一直与这个世界撇开着距离
如同夭折在母体内的胎儿
那层膜始终未曾捅破
包裹着的羊水
死体在颠簸
灵魂却自由自在
它在哭闹
它在欢笑
它静静地等待身躯在腐泡
温情还在抚摸
容颜还在揣探
只是他们全然不知
在这一生的黑暗中我就这么早已死去
早已死去

低头向往

我是一条蠕虫
蠕动在一堆泛糊的肉上
我听不见
看不见
全不理会这个世界
我只知道　啃着　啃着
这里的沤糟
谁在呕吐
谁把生命扔进了茅坑
我忍着周遭的黏液
忍着死臭
继续啃着　啃着
忍和啃也许不是生命的流程
只是我坚信
坚信我的生命
天空才是我的第二生命

写在封面的诗 >>>

挣扎

群鸟飞过天际
它们没有停留
遥远的天空
一张安静的脸
我从世界消失
走到这里
一棵树站在树旁
对我说不应该孤独

某一天

安身立命　壮志消磨

还没有到离开勇气的时候

我向前走

带着孑然一身

永不停顿的现在

和没有结束的未来

如果人生是由灵感组成

那有多久

为孤独而活着的某一天

种子会开出漂亮的花

这就是所谓的希望

罡风虽强

但

只要吹不散我的心火

这世间

早晚有一天会被我燎燃

在丑陋未满之前

写在封面的诗 >>>

  就在美丽中间行

  时日之流逝

  生命的剪影

  岩石凝固　池水静止

孤独

天地把奇迹藏在瞬间或永恒之中
短命的人不知道
门通向哪里
房间是一个危险的地方
那些不属于我的东西
总诱惑着属于我
诉说着人们
缺少太多东西
活着是活该
与自己相伴
想起世界上的人
从未孤独
转头看
那阴影是黑色的巨人

写在封面的诗　>>>

愿望

时间在距离上奔跑

还是距离被时间流放

愿意相信

所以才去相信

按照心意活着

云朵上飘　薄冰上走

混乱自有规律

无辜者幸存

生活让人卑微

而人的温度

冷不能成为热的理由

以情用事

所以才动心

合对时光的速度

和幸福一样

仿佛梅花

有时候
人仿佛活着
有时候
人仿佛死去
有时候
人像一滴血
落在雪上
仿佛梅花

写在封面的诗　>>>

黑暗

除了自我
我一无是处
剥离了拥挤和喧闹
逃脱在索觅与犬寻
我迷失自问
却又彷徨着答案
我一路走来
停在这里
我腐朽了凋零
空洞了年轮
枯黄一地落叶
阴冷着夜末的安静
孤寂得超俗绝然

我是灵魂

忠于黑暗的人

黑暗
须不知
在宇宙前
你才是世界最初的色彩
我用一生守候
在梦想里
我用诅咒
漆灵魂一层忧伤
在梦想外
我如同一个阴影
总跌在阳光后面

灵魂藏在夜中
我感觉
我站在夜的更深处
我的灵魂就会显现
我感觉
我是曾经死去
又突然醒来
灵魂总是在寻找孤独

写在封面的诗　>>>

雷雨

一片落叶
像最后的话
带着普通的生命
久违的见面
想熟悉起来
顺着风的气息
梦在思索
声音漂浮在空间
我始终未曾听见
找个没人的地方
尽可能讨厌自己
忘记天是黑的
人不会因为痛苦而改变
河的源头在天上

海子顾城

待死的人不曾后悔
余下还有活着的人
枕木实现着自己的预言
用红色的布把血擦干
人们簇拥它为旗帜
立在山巅风干
死亡确实容易褪色
包裹的诗却是他永恒的葬礼
我身着黑夜　献上我的花环
一个天使拥抱我像一个恋人
让我感觉不到冷
来自过去
我还是个孩子
那里的我讨厌离开
我就在荒漠中画着一座城堡
我讨厌离开熟悉
即使狂风肆欲黄沙流矢
过后的荒芜像座被掩埋的坟墓
我也讨厌离开陌生

写在封面的诗　>>>

讨厌离开
我一直画着这层层尘埃
谁叫我回家
姐姐还是妻子
有人为自己建立一座城堡
最后却成了他的坟墓
有人为自己建立一座坟墓
最后他还悔了
每一个自杀的人都是失败的
而我只是个没有名字的失败者
黑夜不让我走失
它让夜下了一场雨

天真

海子的天真他自己知道,顾城的天真他不知道或者不愿知道

树上的那些嫩叶
显得那样的不成熟
成熟之后便是腐朽
而我们却不愿跟着时间一起腐朽下去
它们即使在第一缕阳光到来前就哭泣
也不愿意在最后一片阳光离开后而悲伤
在狂风暴雨中没有方向
像固执地顶着死亡
在没有金色前就被折断
不成熟的死亡
有时觉得我们就像死亡
因为成熟之后便是腐朽
而他们却不愿跟着时间一起腐朽下去
树上的那些嫩叶
显得那样的不成熟
成熟之后便是腐朽
而我们也不愿跟着时间一起腐朽下去
天真

写在封面的诗　>>>

徐志摩　顾城

他们是一代宗师
只是之前死去
你的灵性我无法触及
天似乎薄了
轻于梦
像一个舒适的温度
像一本书
不管浓秋怎样
相遇已经开始
一个女孩儿坐在人群里
读着为别人写的诗
就为你流下泪来
像阳光的间隙
像摆脱于身体
想要呼吸
徘徊于尘世
直走在时间里
不曾有停下的想法
说到悲伤

生命中有一种不祥
风后有落花
最美好的年纪
就此离去
坠在了地面
因为生命
时间多么愚蠢
你是世界的孤儿
我相信
看到你的人
都是心中读者
此刻
你就是万物的孩子
一直有个愿望
开在精神的泡沫
在虚空中沉重
沸水成坚冰
梦给的嘱托
会有一天感到疲倦
像生命的长眠
然后醒来
回到自己的世界
蜷缩起来
梦想总在欲念里
像血肉长成的翅膀

写在封面的诗　>>>

没有返回的余地
痛苦的表情
在毒素里模糊掉
想要重逢
却被梦境划破
梦似乎重了
他们是一代宗师
只是之前死去
在与现实的对抗里
明知道不能赢
我们所做的只是不输

诗人

世界被时间所改变

但我们认不出来

黑暗中

要被晨光笼罩的村庄

秘密像本不该存在一样

被人看见的那是故事

妄想中有比现实更美好的

所以我们怨恨

视线里目光赖着不走

生命如纸张

墨水让之承重

那些变化莫测不同形状的

终究是云

未来被时光侵蚀

印带着正确

嘲笑他们天真的笑容

然后用手掩掉

写在封面的诗　>>>

  在摄人心魄间变得渺小

  希望是最有价值的

  人要活给自己看

  走了又去　去了又来

  突若前尘

花朵

寄存在书页之中
这是一方净土
文字的魅力
这是花朵在绽放
顺序中叙述着
理想的善良
你开心的时候
它祝福着合着你的光辉
你伤心的时候
它沿着你沉默给你安慰
当美丽战胜丑陋
当坚强囊括软弱
这是一片蓝天　有着无数花朵
簇拥你渡过认识的黑夜
也许这是揣度的世界
也许这就是你的世界
什么时候起
花朵间
留有我断了的根发

写在封面的诗　>>>

蹒跚

时间轴
粘有幻想的蝉蜕
禁锢于一节的当时
而未来无休止在延续
最终只成为一个古物
只存象征
于世界再无作为
我不想死
我愿是植物的种子
在一节时光中生根
努力去成长
哪怕人们听不到我的呻吟
捂住心灵的局限
在要结束时尽情花枝招展
然后迅速腐化
在威胁中让我的所有
紧凑成精华逃脱
如跳跃的坟墓
在将在过时中

随着时光又落

在当时

就这样

跟着时光

如轮回般

花开花落

写在封面的诗 >>>

李白

　　天地静谧，突有大风起，衣襟如飞，如胸怀，如心意，乘风而弃。

　　我的逍遥是一幅画
　　是不肖笔墨的临摹
　　让岁月装裱
　　时间印拓
　　完成这幅旷世轮回
　　黑夜降下黑暗
　　是让你们闭上眼睛
　　等待所有的颜色都亮起
　　自己血的味道
　　太阳是个圆
　　扬起刺目之芒
　　似在原地
　　不在天地
　　一个人的画像　一样的风景里
　　天上的光照在云上
　　云的阴影落在山巅

逍遥

自在地来
自由地去
像阵风
抓不住
又若水
在尘世浸透了万年
却在阳光下流逝
又在呼吸中拥有
行走一种梦想
身后的夜色
涂有光的屑迹
像阳光被树枝让开淡淡的影子
翻开一本书
我只作短暂停留

写在封面的诗　>>>

雕像

他在夜里凝聚温度
他的眼里充满了悲伤
他不是用慈悲堆垒
他不是用苦难摞成
他如树
孤立在荒芜的寺野
一坐仿佛就是一夜
他如水
沉默在城市的中央
闭上眼仿佛就是一生

人世间最讲感情的人
他的眼里充满了悲伤

情结

在一些时间里
我会突然地感到很悲伤
那些伤感的
在我无准备时
它就来了
像一处风
塑形的毫无可由
又若水
滴落在思路编织的灵膜
荡湿意识的色彩
流淌去的感觉
凉透了遐想
端在梦梢
却涌在了欲望低洼

我感到了悲伤
莫名的悲伤

写在封面的诗　>>>

流浪

流浪的人
是拒绝一些什么
我不知道这世界是怎样去存在
我不知道我是否已找到
我不知道
我喜欢从一个地方去另一个地方
我喜欢在夜的暗处留守时光
我喜欢　我喜欢在有山的地方去找水
我喜欢　我喜欢在有水的地方去看山
我喜欢秋
我喜欢水
我喜欢夜
我只知道这世界很美又很丑
我知道它追寻阳光又躲进黑暗
我知道
我知道我在流浪

失望

知道自己的劣根性
也要一步步自己走出来
即使所有人对你失望
也不要对自己失望
而你是你的
该说的都已说完
就让它过去
有人
苦苦挣扎于世
却不想勉强地活着
每一步
都走在心去的方向
生命度过时光
本就是一件无聊的事
所以在生命之外
我们是否还需要些什么
总有一种豪情　在少年心中滋润

写在封面的诗 >>>

执我

追寻一种直觉
却是迷茫中胡乱而为
活了很久　醒来
我愿意睡着
闭眼梦见光明
如一颗星
堕落着燃烧

我是自己的光明

我为自由

世界在我眼中
被我所看到
生命是物质的一场奇迹
死亡我信仰得圆予轮回
我不求高尚
只要善良
我要的是我
我不让眼泪成为装饰
我不让善意捆绑人情
我有骄傲　你不懂
你与我无关
我要思想停顿视线
我用平和看着人生

我为自由

写在封面的诗　>>>

隔阂

一个地方
在陌生前我会离开
是我惧怕熟悉
还是我不安眷恋
我一直是一个人
我一个人去草原看草
一个人去沙漠看沙
一个人去海边看水
一个人去城市看人
也许足够的距离能让我足够纯粹
不管在哪里
总有一些不讲道理的人
他们抗拒尘世
他们不与苟同

肯定自己

面对生活

谁没有过软弱

既已成现实

那么就在挑战自我后让生活得以改变

既已成定局

那么我们就努力去开启新的篇章

凤凰死了

不见得没有以后

老树枯了

不见得没有将来

朽木　你不是没有了风景

我摘下一片灵芝吞入腹中

灰烬　你不是没有了生命

我手捧鲜花　心沁芬芳

我肯定自己

我要用血汗把最美的梦去实现

然后一个

接着一个

写在封面的诗 >>>

锁

为梦披一件衣裳
每一个欲望
就像刺入灵魂的迷药
麻醉着我们的灵觉
我们什么都想要
就什么都做不了
这个世界
能成为梦想的太多
我们永远不清楚
我们背负着多少
给心上把锁吧
它会解你的迷茫
树苗如同一棵大树
点亮尘世的烟火
你的眼睛像一颗琥珀
你就是可以看见夜晚的光

涅槃

山峰下面是山谷
回家的路上
我看见几朵乌云
像淤血一样
镶嵌在天边　而抬头不见
随它过去的是圆月当空

写在封面的诗　>>>

让自己快乐的理由

死亡是一种绝症
越活着越严重
苍穹很大
所以屋檐很温暖
人怎会拥有全部的感情
只在仓惶间碰触到了
喜欢　作为人类最大的道理
我无须硬去争气
只想正常去呼吸
目光活泼在风景里
我看不见它
就让它来见我
顺是一种快乐
逆是一种感悟
顺境之中　让自己快乐也是一种感悟
逆境之中　让自己感悟也是一种快乐

我吻着生活

我吻着生活
我让自己安静
我感谢血液是红色
因为这样
我微薄的双唇才能袒露桃红
我感谢身躯里的体温
因为这样
我捧奉的双手才能握化雪绒
我感谢我喝下的水能成为眼泪
因为这样
在我悲伤时　我才能够哭泣
我要为湛蓝的天空作画
洁白的浮云　让空间稠密空畅
我要为早晨的鸟儿唱歌
悦耳的声音　让鸟儿展翅飞翔
我要在黎明前醒来　去目睹太阳面世
我就在黄昏后睡去　圆梦合着黑夜沉眠
我祝福天使
我也为天使美丽

写在封面的诗 >>>

> 我祝福爱情
>
> 我也为爱情年轻
>
> 我吻着生活
>
> 我让自己安静
>
> 我要把每件物品都视为我的生命
>
> 洁白的鹅绒被
>
> 我用赤诚将你裹香
>
> 拈制的瓷茶杯
>
> 我用热情将你茗泡
>
> 干净的帆鞋啊
>
> 我用温柔轻轻将你走过
>
> 是我呀吻着生活
>
> 我吻着生活
>
> 我也让自己安静

逸士

立于纸端
临摹一抹斜阳
倚于文外
涉足两叶山水
潺溪了静
虫语安禅
任心神一帘自在

钟情于景
淡静于水中
索情了事
畅快出一曲神情
焚诗煮酒
运笔于神
徒留在雅人俗世

写在封面的诗 >>>

憩

水的哲学是不舍昼夜
山的哲学是不与日月
我站在山间
看水流过

当安静根生白发
当冷漠忘却了生命
那时
我突然醒来

天很蓝　阳光很淡
只是那时
忘了
拽着美丽离开

<<< 写在封面的诗

是我过去

我看过城市

塑钢　墙石　玻璃

水泥城

冻透着一股冷色调

吧台的夜

干冰竖染

紫舞迷灯

我看过乡村

重墨的山丘一些竹翠

登高站远

落日弥烟

原来这里树还是柴

岁月的心

它走得迟缓

静夜关灯

还有烛光不是情调

还有老人隔夜补丁

我走过沙漠

不倒的胡杨

写在封面的诗 >>>

是旧的生命
它死了500年
这原本是水的路
现在却是我在走
我去过草原
我不知道前方是何方
我只知道回头却是后面

对于这世界
也许我只是一双眼睛
对于这世界
也许我真的只是一个人

和我一起美丽

糜烂的山风有些憔悴
姹紫的落日让夜侵袭
请别只是悲凄
如果可以　让我和你相随
世界承受不起的却只是只有哭泣
人类消受不了的却只是只有悲伤
没有分开要说再见
只要离别祈祷祝福
请在虔诚悲伤后让爱璀璨
请在背过眼泪后让幸福蔓延
那些清晰天气的花蕊
那些守住明朗的笑容
我愿是珍惜着春天的蝴蝶
我愿是温暖着人性里的善良
你的眼泪
让我来珍藏　然后请和我一起笑
你的悲伤
让我来虔诚　然后请和我一起美丽

写在封面的诗 >>>

青春集

爱情
就是把自己送给了她
而离别时
却怎么也赎不回了自己
梦想
近看是时间
远看是命运
青春
本来就只有童年
思想的垃圾
让雨色把我洗净

短诗四首

一

生来只有一条命
不用命
那用什么

二

那里是山
那里是云
而我
会过去

三

恍然大悟
恍然大梦
灵魂里的疾病
被迫在时间里游泳

写在封面的诗　>>>

　　　　四
思想
世界的呼吸
有些东西在泯灭
有些东西在产生

搁浅

泡一杯粗茶

静谧着这熏盅浓色

好像渐渐地

这轮断的沉香

不经意间就迂使人回想过去

那敛水池边萧枝了了的槐树

那沦落凋糜的苔藓还盘缠着的老树墙根

那曾一起泛黄的壁和壁纸

那丑旧的砚台　疙瘩的文墨

过去像是扇门

禅安时　人总想着把它推拢

腐朽的纹木蹭着门枕

咯吱咯吱的

只是这声响容易让人昏沉

我轻轻地关上门

想独守着这份宁静

只是心头那余演的容颜

如一扇窗

透过去　我看见了风扯枯树

写在封面的诗　>>>

　　秋的思愁

　　任凉秋肆意

　　而我就怎么也关不上了这扇窗

<<< 写在封面的诗

睡着

出生与过去相连
死亡与未来相接
生命像时间给我们的线段
有鸟潜入水里　又返回天空
有鱼跃上天空　又落回水里
生命像道考题
看着风景　回忆一些事
看着心情　想起一些人
年纪像一个抽屉
太阳趴在祥和的云里
顺从午后的阳光
如同猫儿一般躺着

写在封面的诗　>>>

尸骸

视线里没有自我
遥望一方天地许久
仿佛一切都是错觉
世界有多少的尸骸
历史的记忆
如坟墓被杂草掩埋
乘翔的落叶
带回空气原本的轨迹
被什么力量压制
像前进间就是方向
青山绿水间的表情
在春花秋实后变得苍老
群山座座
千万年的位置
岁月的蜿蜒
天地间　有光阴拂过
我们像没有生气的尸骸
还孤独地留在原地
时间让人窒息却又平静地流逝

自我

一分一秒都在杀死我
当经过时间转变
世界像一场幻觉
而活着和死去没有多大差别
就像对与错的差别不大
稍微找到刚才的你
再来一点那种感觉
跟自己讲和
争念带来的痛苦
是意识的自我摧残
每一时刻
有自己这张不同的脸
它们的情感
不是靠你感觉出来
我们都在改动世界
却又被世界所改变

写在封面的诗　>>>

死敌

人出生
本就不是一件有趣的事
只是这无趣的人
总要去寻那有趣的事
皇权王座在现实里退位
文学艺术在梦幻中加冕
林中来客　闭于牢笼
要杀死自己的时候
才惊现自己活着
生死间
才是活着
视自己为生死大敌
之外的事
唯有沉默

<<< 写在封面的诗

行而上学

有时觉得自己像个黑洞
能吞噬世界给我的一切
只是才华不足让它消化
然而慢慢地
就觉得自己像个框架
让它原本地来
就让它原本地去
从不觉得世间有什么能给我留下
只是后来
却觉得自己像个死物
生而被迫聚集　死后依存返散
世界从未留什么给我
我也从不遗留什么给世界
灵魂不是物质
随着时光慢慢流逝
却也只能积攒着时光然后死去
逍遥
我没有得到　亦不曾失去

写在封面的诗　>>>

乌鸦

光可以挡住黑暗
灼伤命运多舛
那是黑暗中有人怒吼和咆哮
像是诅咒或是高潮
当黑暗重幕时
我想用血气掩盖一切
直到有声音明亮响起
断裂声嘶吼声惨叫声
充满杀戮
夜与空相距极近
黑暗在触手可及处
像浇灭了你的灵魂
各种声音停顿又过去
无数画面形成又释怀
梦魇中坚定地醒来
一只鸟蹲在树枝上

苍穹

于历史的河流里
传说和美丽不绝于耳
在夜色的倾注下
故事的情结无动于衷
所以随着岁月的流逝
而听而不闻
是眼睛幻想的远方
连续时间的惯性
经过留下的痕迹
像黑色的轮廓坐落下
一个黑色的阴影
我们将带上腐朽的气息
只品尝生命的味道
让无数的人活着又死去
仰望星空的人
站在群山之中
唯有天地停留在天地
唯有人们留念住人们

写在封面的诗 >>>

思念

就是这样
升起的雾霭
把末日吞没
一颗固执的星
像尸体素立
又像灵魂闪烁
人们都做不到
没有复活也不会不死
就是这样
我们被时光抛掷
夜色将遮掩大地
目光要渐渐离开
如果是黑暗
如果是星辉
距离将有多远
像悲哀在多少年后
会成为欣慰
流浪的视线
在阳光中变得炽热

又在黑暗中变得冰冷
朦胧渐白
一切都像重来
仅有的存在
身体在物质中代谢
灵魂像记忆的残骸
又不像是重来
一颗固执的星
像尸体素立
又像灵魂闪烁
人们都做不到
没有复活也不会不死
就是这样
当目光触碰时光时
我们是温暖的

写在封面的诗　>>>

秘密

树像一根刺
竖向天空
时间是等不起的缘
只想着刹那芳华
总想着来世再见
是臆想的空间碎片
原来像梦境
有时想伸展自己
与世界融为一体
有时想抱紧自己
想从世界凝出一点
就像肉体割去灵魂的触觉
灵魂割了肉体的质感
当灵魂和肉体拼凑不出
完整的我时
突然想起忘记的时间
看见的和看不见的
都泛着死亡
在意识里看到自然的容颜

一双脚走在路上
却走不过时间
脚印落在那里
残破不堪
回头看时
旧的不是空间而是岁月
生命是时间的薄凉
人是时光遮掩的秘密

写在封面的诗　>>>

温柔

有人在死亡中幸存
如何证明我还活着
拥抱一个灵魂
我站在时光的彼岸
观看世间的演出
唱一首别离的歌
身体伫立在天地间
像尸体在时间里沉睡
像躲开了时间
目光伸得太远
岁月的剪影
时光接踵而来
往事抹不去
就颓废了自己的容颜
那些白色或黄色的光
那些过去与未来的梦
背后轻起的微风
像一个温柔的人

衣袂

突远突近的光阴
在半睡半醒中离开
在现实中被迫逃亡
想回首　突然遗忘
能看到周围大致的轮廓
却无法看清细致的自己
似乎所有的节奏
都摇摆着一个声响
所有的东西都在快速移动
只看到一个模糊的身影
把妄想和虚幻变成过往和曾经
像梦境被利刃洞穿
痛楚还停在脑海里
想要避开
可身体依旧停在阴暗里
谁的回忆像朵无尘的花
开在浸漏过的星空梦下
却只剩下这油腻的事
露出肥嘟的肚腩

写在封面的诗　>>>

　　崩裂着驱走那闻腥而来的苍蝇
　　只是跟着现实在走
　　心折于一朵梅花
　　就听见风吹过树叶的声音
　　山岚和流水的线条
　　人活在人间

岁月的鱼尾

静然如诗

想找一篇来装饰

轻轻地像风在叮咛

悄悄地如暗夜蹒跚

喃喃的言语

像我在自言自语

看着空间里时间划过

然后留下停顿的些许灵光

年轮般的纹路

城市的夜　一地碎片

颜色的光　太过拥挤

若是不死

谁会在意老去

若要死去

谁又在老去

肉体的极限

活着的人

写在封面的诗 >>>

  又怎能说出死亡的味道

  岁月的鱼尾

  年轻时发过的誓

  是现在享受的福

此岸世界

苦难如荣誉一样　不值一提
忘记了前世凡尘
记不起昨日今生
像为自己举行一场葬礼
放不下的心事
看不透的生死
知道的好
厌恶的坏
像举世皆敌
不像裸露出去
却像是要隐藏起来
怎样才是对
时间是最大的路
风受阻于天地间嘶吼
潜入窗户
想占住我的眼睛

写在封面的诗　>>>

忘记

先开窗
是先填满阳光
还是先填满微风
看着白天
看着黑夜
世界在无情地被转换
目光触不到它的意义
尽头看不见
像过去的故事
人无休止接受着现在的时光
在做决定
要忘记过去
还是想短暂地忘记现在

迷途

人们的喧闹像机械在奏鸣

这些路越来越习惯于车在上面走

总有光刺得我睁不开眼

寻找大地　所以寻找天空

有太多的光不像星光

你会有太多的影如同阴影

它们在你四面浮动

走到哪里

不如站在夜里

用陌生感

阻隔与这个社会的联系

迷途中

借助自然的光

在寻找人造的光

写在封面的诗 >>>

黑色的天空

黑色的天空
能被灯光照亮的地方
人们说着灯下
而太阳
又没有哪盏灯光
能把黑色的天空照得璀璨
所以它就是白天

作古

古物上的符纹像祖先
新件上的雕刻像子孙
这就是岁月
只是
在等不起的时间里
子孙总想着做祖先

写在封面的诗 >>>

语言

水纹像一句长叹
口哨像雨滴
感动的涟漪
乌云倾覆　距出薄冰
语言
像海纳百川

<<< 写在封面的诗

徘徊

年轻的风

会追随一片蒲公英远去

岁月承载在意识里

迷惑的位置

是白天或黑夜

当所有的路途都相接时

向左或向右都是天涯

当所有的位置只存在起点和终点后

人们在天性折返于

喜鹊和乌鸦的啼鸣中

写在封面的诗 >>>

位置

向远望去
天像地球放在空间里
还是人站在地上目之所及
走近看来
山从未堵过水的路
像水刚好在旁边
我的位置像空间没有方向

混乱

蒲公英和蝴蝶
都带着翅膀
同我的心带着芳馨
只是地平线
像站起来的山峰
夕阳的浅红
黑与白的间隙里
我用黄昏做的帆
夜幕编织的船
偷渡进梦里
刹那间
安息在混乱中

写在封面的诗　>>>

茧

像是梦入仙境的凡人
总觉得不是
像一场病
像是好了或是死去
一如我陌生得像一尊雕像
我俯望虚空
对着夜唏嘘
我的翅膀　我无法触及
是死了什么
就在平庸里活过来
是自己给自己的嘱托
在我平凡的时候爱我

天空与我
上了尘埃

结局

狰狞的魔王

像恶鬼附着的面孔

杀气侵凌

梦的尽头　直至破晓

万里苍穹

乌云没有被风撕开

无需管我

我只是繁花中的一抹韵味

在开过之后就死去

无需理我

我是云底下的一滴露珠

在雨过后就归沉大地

往事浓浓色如清已轻

往年淡淡净如镜已静

没有方向

我走过的路

都在后面

写在封面的诗 >>>

  我停下

  没有方向

  而时间

  就在平淡里多出一种相拥的味道

梦

还没睡醒的种子

看见自己的习惯

在春风中

像路上故事的开始

在悄悄长大

不是看不见的遥远

可以支撑的高度

它看见天空

可以是蔚蓝　也可以是乌幕

看见雨水

会被痛击　也会被它哺喂

而风呢

温柔地轻轻让它抚摸

狂怒地把我使劲按下

在我不再长高的时候

坠在地上

爆裂开来　清醒了梦

写在封面的诗　>>>

看见自己还是一颗种子

只是它发现

没被流水带走的时候

旁边还有着和它一样的种子

<<< 写在封面的诗

星空记忆

着急于人生的输赢
就是速度的快慢一般
年轻　不再低头看路
好奇于环顾四方
脚印不停在走
有时落在水坑
有时绊到荆棘
那也没关系
湿了的裤角让风擦干
刺伤的血流会自己凝固
只是
你看到一朵花
心中有了美丽
鼻息过后装入背囊
你又在河边捡到一颗卵石
心有了洁净和弧度
一根怪异的木头
……
想把觉得所有都美好

写在封面的诗　>>>

都带走的你
负载就越来越重
跟不上的脚步　落在别人后面
想要抛弃却又有不甘
累了也不想扔掉
直到有一天开始反省
在自己不在意间放下一件
然后一件又一件
你就喜欢上了这种快感
扔掉的却越来越多　直到没有
你就和刚开始上路的速度一样
原来你还不知道　扔掉的
是你曾经的喜欢和心间的重量
也许你也不会在意
因为你还沉醉在速度的喜悦中
没过多久
你赶上了前面的人
看着他们负重前行
也不觉得自己睿智
然后你远离他们而去
沉溺在一马当先的快乐中
看着别人都不曾见过的景色
又生出一种自豪
你却又停下想等着人们
坐在一块石头上

看着流水从石头边滑过

源源不断　源源不断

感觉像要想起一些什么

只是没能想明白

人们也赶上了你

和你一样变得轻松

你却变得低沉

站在一朵花前

没有理睬别人的召唤

静静地看着它

看着它尽情招展

然后花瓣一片一片落下

中间又有了一个青涩的果实

你试想着果实一天天成熟

然后有一天爆裂开来

种子会掉在地上

是的

花会开出种子　种子也会开出花

这中间会有风

会有雨

有阳光也有流水

当然会有土

你清醒过来

看着有人还在负重前行

你想劝告他们

写在封面的诗 >>>

而他们像守财奴一样提防着你
你却又像富贵看着贫穷
都如同谎言一般
这里你才发现
人生的路上只有你是你自己
同行的人也如同这花朵一般
最终成为风景
无论是负重前行
还是轻松上路
都只是人生路上的一种状态
不存在愚昧
也称不上睿智
不存在差的时期或好的时期
只是刚好存在在那个时期
所有的状态
也只是
一种在对生命的体现

因为不熟悉,所以喜欢;因为不陌生,所以爱。
想之所写,愿之所答,如是而已。

春

上前水秀绿,下坠柳扶君。
百花香伏径,留白任远云。

写在封面的诗 >>>

西湖

旧朝古调白苏堤，游人尚无金缕衣。
昔闻颜色梦青柳，日后时来才华稀。

<<< 写在封面的诗

慈父

弯腰驼座桥,浮瓢薄只脚。
放下膝孙爱,照顾慈父老。

写在封面的诗　>>>

寄雨

不见凡尘傍日边,唯一消散水中天。
本是青空游上白,兴许无趣落人间。

<<< 写在封面的诗

行僧

落金圆苫彩佛光，琉璃夜各路灯黄。
孤傲然匍以继路，加持愿净垢高阳。

写在封面的诗 >>>

宴

酬杯因饯行,香袭是酒醉。
分手候黄昏,回眸辞秋桂。
风情难言语,只沃离人泪。
淫雨鸟翼湿,鸣丧云已溃。

弥尘

路长在天涯,树老有门阀。
梅雨顾苍生,寒食饱人家。
贫穷嗅药草,富贵插赏花。
人生识其意,平凡亦无瑕。

写在封面的诗 >>>

古树

天姿竖至冠,地貌深幽妆。
寄空斜夕影,合时老春光。
近风送游子,共雨落故乡。
圣代斋虔诚,客过路且长。

<<< 写在封面的诗

周身

显聊宜羡慕，樊笼岂自然。
截枝歧叶茂，绿树瘦身砍。
骛远恐驰骋，冒进婪其胆。
震池四角围，无风水波诞。

写在封面的诗 >>>

内省

意志病晚岁,童颜药年华。
子当信高洁,世态有迷花。
瑜珮身自知,瑕琚欲何杂。
明朝应有事,归复见人家。

由衷

合书稀妙笔，爻墨盏孤灯。
幼苗阴时雨，贵花香上风。
晒日有劳作，纳凉每思呈。
尤显开源者，心往言渠成。

写在封面的诗　>>>

巨人

檐低捷径墙脚根，渊源浩瀚下无穷。
窗里桌前心听雨，清眸润水意催空。
人藏天地虚无幻，眼熟岁月余光中。
渺渺帘幕君截取，位置传承慕彩虹。

曦

拂晓约得窗棂梦,思绪盘桓心彷徨。
掂裙处子近芳芷,得意郎君合鸳鸯。
雾笼夜色捐素月,云浮霭景献朝阳。
露濡春嫩叶吐水,气息凉泣久弥香。

写在封面的诗 >>>

登岳阳楼

畅慨清新睡夜雨,冉阳相遇逐尘宁。
时迭流去洞庭水,史遗赡养千年楼。
代出新生澎湃事,窥得沧桑持诗明。
争上心是处无恨,许尘世要余长情。

汨罗江怀古

酹祝余留一杯酒,我醒独立对祖先。
爱国必怜汨罗水,幸才是仰楚辞篇。
龙舟次外悲凉意,粽子包里寂寞言。
君去由来纪念日,人间难忘三千年。

写在封面的诗 >>>

夜光杯

有意逼吞腹中酒,有情誉写心头诗。
须知妄为逆天命,莫问随义驳人事。
白眼尽遭困窘日,成功都付潦倒时。
且予悲伤多坦让,但愿忍辱再坚持。
残余苦难应结束,满足美好更开始。
美好苦难皆生活,弃苦择美非志士。
所以怨恨不足取,心意安分止现实。
时间按捺宜恬适,糖衣诱惑易腐蚀。
身端心正明镜台,才高学富勤拂拭。
升职降任于天赋,捣腾钻研莫闲置。
追求灵魂显意义,活出生命见价值。
单独人生鸟飞翅,筹众科技车奔驰。
肆欲才华最奢侈,往后有成来装饰。
通天大道有阶梯,位置大概只天知。
勿想喜鹊当信使,是让极星作磐石。
贪图刻意相对峙,想得完美亦停滞。
照顾情结是心锁,看守光阴成钥匙。
一杯一杯又一杯,时光滴入夜光杯。
夜里清风也寂寞,醉饮时光酒相随。
南柯一梦通天去,梦与诗仙讨酒食。

瞑情歌咏

清水涧门庭不改，年轮环春水常回。
老树根发又几圈，圈不住柴火烟灰。
记得雏菊宅边种，玉兰桂树两相栽。
青苗消瘦赖阴影，白裙婀娜惹光辉。
晕泽夕阳点红烛，面色浮云挑火心。
涟漪何故美金秋，天热色彩真可爱。
和平时分温柔水，目光陪伴到沉醉。
蝼首倾靠有所倚，风漏青丝扔飘逸。
挨紧情怀犀心意，晚霞镶日起祥瑞。
鸟语巢踪昼稀微，阴风吹得心翡翠。
人间富贵隔窗扉，嫦娥明月入深闺。
触碰结局枉凝眉，凤钗解发落尘埃。
弹指今朝故事外，惆怅所以梦徘徊。
以前黄昏人不在，现在花期燕归来。
当初风月花恋蝶，而今梦属蝶恋花。
纠结红尘开心锁，可怜光彩照空门。
流年蛛网局屋檐，飞燕虏去故楼台。
又有新泥栖旧壁，落巢殆尽欢乐时。
目睹门前寻常事，略去窗外别致情。

写在封面的诗 >>>

玉兰瞅夜雨理睬，桂树惜花难释怀。
色作稠糊香落败，葬花不是栽花人。
甚是断肠也询问，玉兰桂树清风里。
碧水云天陌心扉，绿簇红捧东风紫。
趋时等待燕归去，黄花时节我独悲。
风波又欺零枝落，无端招惹寂寥人。
宅守楼高望明月，梦魇干枕已叹息。
棒喝精神未应迟，荒废才华不得志。
新装镜子望憔悴，故人楼上看相思。
离叶婆娑树遗忘，迭入深秋被掩埋。
萧萧枯涩乘似雪，落落寡欢攒空白。

木兰花

干果拼盘骰酒徒,同窗笺笔陌锦书。醉时混响别时歌,泪痕重泽浊酒污。　　斗酒樽前兄弟举,扶手挽杯夫妻语。夜过留人归梦色,后来废尽息城隅。

写在封面的诗　>>>

蝶恋花

　　枯土糙秋涸衰草，叶是萎缩，树是削纤梢。时节熟透生息少，是逝去景色春好。　　留寝于乡村舍野，背包过客。好梦睡半夜，寒月光玲珑倾泻，撩醒人眼睛干涩。

天净沙

　　落霞飞燕屋檐，秧苗赤脚混田，灶肉西烟肠瘾。女人罗膳，吆浊酒话清恬。

写在封面的诗　>>>

虞美人

　　看过桃花盈嫩土，翻红腾风煮。认识芍药去年冬，暂存枯土夕阳涩风中。遏制情怯挠酥手，嗅湿含羞指。在意离别伤独处，抛堵今花久月厌酒苦。

<<< 写在封面的诗

忆秦娥

花隐藏,近心身伴木衣裳。木衣裳,露汜梦裙,风定翠芳。独自春光一夜窗,忆人天气正晨阳。正晨阳,嫩叶吐水,泣久弥香。

写在封面的诗 >>>

临江仙

誓言白首容易,天涯旧觉寻觅。绿浓红艳聚又来,去年它亦在,今年它亦在。　　愁肠皱眉滋味,只是中心无计。拿捏清水空自是,残情枕孤梦,秤锤平撑力。

临江仙

　　早霞偏聚怂苍穹，着露春光笼统。晓来天气水朝东，点滴会通融，泥香损落红。　　梦里无穷梦愈重，绝世黯然惊悚。时续挣扎两头空，鞠躬也频动，实据还中庸。

写在封面的诗　>>>

临江仙

　　休闲路上枕来日，鸡啄鸭喙聚群。稻耕收去余田村。桂花香上风，雁字青中云。　转眼冷落山脸色，惹得秋煞沉沦。谢叶褪去绿罗裙。人情寄治世，书味忆王孙。

西江月

　　三餐饥饭消融,粗茶淡水贯通。人生只此也从容,有谁妄念贪冲。　　享受时光薄尽,闹腾新梦无终。催日迟来仅苟同,莫是冷淡青葱。

写在封面的诗　>>>

清平乐

　　虫声切静,近人曲幽景。泥巷柴门且慢行,懒步边缘小径。浙风陶冶老根,昏星垂暮低沉。一洁桂华拼令,宿鸳清水拨痕。

诉衷情

岁月轻风春易裳,只是轮回长。肚里深夜芳樽,醉酒约待西窗。青山改,是秋尔,对夕阳。酒朋诗侣,挽杯红装,交颈鸳鸯。

写在封面的诗　>>>

忆少年

窗外风情,夕间草意,树下秋愁。流金恰消遣,断叶经叠厚。笔记散漫扰休闲,字体澄清须时候。素手整衣袖,敝履分左右。

<<< 写在封面的诗

侣行

望眼咫尺，持手天涯，黄叶砖地，红霞抛日。路待残阳血穹紫，邂逅日圆金满树，更吹落屑秋如雨。君子独白，千金调笑，不记言语，只识温柔。徘徊徜徉缠牵手，妨碍近远潺秋意，美煞大小嘤巢语。目光存在忘风景，心意通透有情人，徒羡鸳鸯遁乾坤。赴遇天气饱便当，食情美味，餐意佳肴。薄暮得明月，游乐携虫鸣，宠幸寂寥，复于山水。过缝林，缘疏星，前瞻曲溪，相逢偏阜。山缥缈，水逍遥，寻泉坐莹，遇壑登皋。月华浸波，秋色染袂，静候修木留风韵，赏心天光际大观。神仙未必穷有时，留意佳人罗裳紧，符合满夜半清瘦。搂腰肢，送人归，吻过回程路。转头看，风景依旧，怦然心动。念诸有之所得，归人之藏爱。

写在封面的诗　>>>

古囊行

　　魂似凤凰羽，心为梧桐树，身走天涯。山阻目光断，地远梦无常，脚短路长。斜辉缤纷，凋零落，参差沾衫。光阴是年龄，秋来是诗，秋去是画。印拓醒吾心，再守酒相迎。野望人独处，游子候归途。烈风美酒夕阳路，贪恋人间去出。跨书享誉临江湖，挑诗仰慕上楼阁，书生不间隔。初观文载，复览史遗。荒芜看战场，灵秀行祠堂。地拢坟铁骨埋没，天嵌玉英魂祭长。隔秋草覆尘叠土，参天木映月包浆。石磊星空寂，风刮草木新。桥梁修巨匠，时代建功臣。细峰远流水，仓惶伴鸟鸣。枝头寒鸦槐树，落巢燕子堂屋。合衣拥梦终不悔，青丝油腻始堂皇，湮火出东方。时属历史，智者穷变，哲者思恒。诸子论圣，留宋唐，尽风景。毛雨玻璃泪，向往来者，目书纵古英明。背包客，我心看日，落地为萤。

<<< 写在封面的诗

梦赋

　　三更雨，四月花，渐暖残寒江月下，犹醒徒香皱衣裳。睡在昨日，梦在今朝，醉在甚酒芳馨间。山河梦，长城天地线山河，恒古苍穹侍盘龙。侍盘龙，祖国久远存血脉，万世峥嵘缔家园。缔家园，城池长国直大道，小河流寺曲幽林。曲幽林，人梭树陇隐，新叶花藏间，顽石出瀑布，细峰落天边。携酒同游，遇美停留。阅层山，站悬崖，坐云霞，上天涯。心悦神凝，气势最昂然。落看烟岚残日晚，星辰满，皓月灿，寒波冷暖，多情多悲坎，只许记忆稍安。情人梦，昏灯柔唱依然，蚕枕绒被慵眠。还醒旧日，纪念别去容颜。时值往年，合影残看月圆。莺莺桥头，潺潺牵手，目睹乔木倒琼脂，邂逅清风红树叶。予人为善青天，良心供应山泉，看画桥明月，听雨抖花声。青春度年老，岁月暮年华，不妥饥户，寒梅探手离去。拥酒酣睡，红尘万念，磐佛羽圣飞仙，人生自在心田。慵枕素月，撂去一晚春红夜。同学梦，人生何处该相逢，一去楼台拿利禄，只身拜月藏忧愁，清杯挽泪流。曾经款待相亲近，翌日空弦送淡情，离别本无意，相聚再难期。家人梦，光辉逞余照，送我识归途。冷月削清石，群深听鸟扇。羽翼扑咕树，俘哺巢雌雏。

写在封面的诗 >>>

满庭芳

见王珮瑜综艺感而作

戏袍御身,长袖挽套,正面殿堂走舞。一脚江山,步伐可丈路。唱调还得相逢,上妆容、正统承续。故事中,位置人物,依旧梦如故。　　百年笑声转,观众白发,尊者逝去。目睹待追昔,剧本怀古。传播残存小众,卸无名、露脸守护。后人怯,一寸斜阳,心系黄昏暮。

钗头凤·沈园怀古

得连理，结伉俪，一纸休书通作废。礼支配，命难违，功名关身，情爱皆非。悲，悲，悲。　　人憔悴，春明媚，游园恰遇摧残泪。君告白，妾相陪，此间谁问，有情卑微。欸，欸，欸。

"人憔悴"据唐婉句"病魂常似秋千索"
"春明媚"据陆游句"满城春色宫墙柳"
"摧残泪"据陆游句"泪痕红浥鲛绡透"

后　记

　　关于本书有几点要说明。一是诗的顺序不是按照作者写成的时间顺序来安排，因此你会发现在早期的诗中夹杂有后期写成的诗，或许这就是诗人的敝帚自珍。二是作者把书的真实书名放在了全书的中间，却只为它取了个无题式的书名。而这所有的一切都是为了书中从头到尾出现的情感衔接做让步，就没有那种悬崖式或天梯式的断层，因此这可以称作是一本小说式的诗集。

　　在喜好的贯彻下，诗人不得不面对诗人自杀的问题。在意识里被同化和人的自我保护被惊醒中，就看到了一个现象，古代文人几乎没有自杀，这就是诗人为什么会从现代诗转向古体诗去的原因。而在古体诗部分，作者有他最大的短板——格律，想要遵循却一无所知，亦无从下笔，最后却不得不放弃，只留给那可怜的从天而降的直觉。现代诗是语言的诗，古体诗是文字的诗，今人和古人就像语言和文字一样。今人总是为了怎样去说话，古人而是为了怎样去写字，话可以换一种话说，字就确定了它的唯一，也许这就是差距。

　　然而这所有的一切都源于不懂，却想知道，最大的原因是自己喜欢。我是个农家里的小孩，无意间在众多的书页中打开了一个斑斓的世界，在现实和世界之中来回选择，因为要活着才可以生活，而生命应当有它的意义。无论环境是怎样转换，心境又如何平静于淡然，我始终没从改变。在文字间，在对自己的不在意中，就请别无视了我对你的真诚。写诗对于平凡人而言过于遥远，而诗对于中国人而言有过于平常，人就是这样，过多的平凡总是有迹可循，只要不是高山仰止，抬头看山巅低头看路者，总在步步登高。何为山巅，就是偶像，何为山巅，就是那些源远流长的作品，山巅告诉你方向，何为好，何为最好，路就是一个徐徐而进的过程。登高，去那云雾之中，在朦胧和肆欲间交错，里面有他们很多的影子，却都是自己的想法。本书是作者作为极其普通的人，对现代诗和古体诗、现代诗人和古代诗人的一种揣测。

在书和道理间，后来者的幸福莫过于知道，后来者的悲伤莫过于错过知道。